SOCIÉTÉ DE L'HISTOIRE DE L'ART FRANÇAIS

LETTRES DE NOBLESSE

ACCORDÉES

AUX ARTISTES FRANÇAIS

(XVIIᵉ et XVIIIᵉ siècles)

SUIVIES DE LA LISTE DES ARTISTES NOMMÉS CHEVALIERS DE L'ORDRE
DE SAINT-MICHEL.

par Guiffrey

PARIS

J.-B. DUMOULIN,   J. BAUR,
13, Quai des Augustins.   11, Rue des Saints-Pères.

1873

LETTRES DE NOBLESSE

ACCORDÉES AUX ARTISTES FRANÇAIS.

(*Extrait de la* Revue Historique Nobiliaire et Biographique.)
Tiré à cinquante exemplaires numérotés.

N° 9.

SOCIÉTÉ DE L'HISTOIRE DE L'ART FRANÇAIS.

—

LETTRES DE NOBLESSE

ACCORDÉES

AUX ARTISTES FRANÇAIS

(XVIIe et XVIIIe siècles),

SUIVIES DE LA LISTE DES ARTISTES NOMMÉS CHEVALIERS DE L'ORDRE
DE SAINT-MICHEL.

PARIS

J.-B. DUMOULIN,
13, Quai des Augustins.

J. BAUR,
11, Rue des Saints-Pères.

—

1873

LETTRES DE NOBLESSE

ACCORDÉES AUX ARTISTES EN FRANCE

Au XVIIe et au XVIIIe siècles.

———◆◆◆———

 ı nous réunissons ici les témoignages des distinctions honorifiques accordées aux artistes les plus éminents des deux derniers siècles, c'est moins pour dresser le livre d'or de l'art français que pour recueillir et faire connaître des détails précis et exacts sur la personne et la famille de ces artistes. En effet si les lettres d'anoblissement ne renfermaient que la répétition de formules toujours identiques, une simple énumération des noms accompagnés de dates, avec renvoi aux actes originaux, aurait suffi à satisfaire la curiosité de ceux qui s'intéressent à l'histoire de l'art français. La copie intégrale d'une pièce aurait donné une idée complète de toutes les autres. Mais aux formules consacrées, identiquement reproduites dans chacune des lettres-patentes, sont joints des renseignements précis sur le titulaire, sur ses œuvres les plus remarquables, sur ses ancêtres, et quelquefois depuis une époque assez reculée. On comprend l'intérêt de ces détails revêtus en quelque sorte de toutes les garanties d'authenticité. Aussi, tandis que nous éviterons la répétition fastidieuse des formules invariables de l'anoblissement, nous reproduirons soigneusement le préambule qui change dans chaque lettre-patente. Chacun de ces actes nous apportera son contingent de faits précis et certains sur un artiste différent et quelquefois sur toute une famille.

On le remarquera, et nous voulons indiquer en passant, sans y insister autrement, cette particularité qui n'est pas un des traits les moins significatifs de l'ancienne société, combien il est fréquent de voir plusieurs générations suivre la même carrière et se léguer comme un héritage de famille la culture du même art. Les fils d'artistes sont voués dès leur naissance à la profession paternelle ; et c'est là peut-être une des meilleurs conditions pour tendre par un progrès incessant à un perpétuel perfectionnement. C'est par suite de cet usage qu'à côté des services du titulaire, les titres de son père, de son grand-père, ou des autres membres de sa famille, sont rappelés dans ces lettres d'anoblissement, et que quelques-unes présentent de véritables généalogies pendant trois ou quatre générations, ou même davantage. On comprend dès lors l'intérêt de ces actes pour l'histoire de l'art et c'est ce qui nous a déterminé à en réunir le plus grand nombre possible et à en publier les parties saillantes. Comme chacun d'eux forme d'ailleurs un tout parfaitement indépendant de ceux qui l'accompagnent, les lacunes qui se rencontreraient dans ce travail pourront aisément se réparer par la suite et n'auront pas d'inconvénient pour l'ensemble que nous présentons aujourd'hui. Nous le compléterons plus tard, si les lecteurs que ces études intéressent veulent bien nous aider de leurs critiques et de leurs découvertes.

Les documents qui suivent ne sauraient se passer de commentaires ; mais nous réduirons nos notes au strict nécessaire, laissant aux lecteurs le soin de relever les points les plus saillants de chaque acte. Les lettres d'anoblissement sont suivies de quelques pièces également recueillies dans les Archives nationales et ayant rapport au même sujet, puis d'une liste des artistes admis au siècle dernier dans l'ordre de Saint-Michel, enfin de quelques lignes sur les titres conférés sous le premier Empire aux principaux maîtres de cette époque. Nous laissons entièrement de côté dans ce travail les titres conférés à des artistes français par les souverains étrangers. On sait qu'au dix-huitième siècle nos peintres, nos sculpteurs et nos architectes ont été attirés dans tous les pays d'Europe et comblés par les rois étrangers de marques d'honneur. Nous renvoyons une fois pour toutes au livre de M. Dussieux sur les artistes français à l'étranger.

Les lettres que nous publions concernent les artistes suivants :

1. Charles Le Brun, peintre (décembre 1662).
2. Jules-Hardouin Mansard, architecte (septembre 1682).
3. Pierre Mignard, peintre (juin 1687).
4. Robert de Cotte, architecte (mars 1702).
5. Jacques Desjardins, contrôleur des bâtiments (mai 1704).
6. Jacques Gabriel, architecte (juillet 1704).
7. Antoine Coypel, peintre (avril 1717).
8. Louis de Cotte, ingénieur (mai 1721).
9. Armand Claude Mollet, contrôleur des bâtiments (janvier 1722).
10. Louis de Boullongne, peintre (novembre 1724).

11. Nicolas Dorbay, architecte (juillet 1738).

12. Charles-Nicolas Cochin, dessinateur et graveur (mars 1757).

13. Jacques-Germain Soufflot, architecte (mars 1757).

14. Pierre Outrequin, directeur des projets d'embellissement de Paris (mai 1761).

15. Charles-Julien Quévannes, essayeur des monnaies (juin 1764).

16. Pierre Desmaisons, architecte (août 1769).

17. Jacques Roettiers, graveur en médailles (février 1772).

Il faut joindre à cette liste un très-curieux document concernant Antoine Benoist, le sculpteur en cire du temps de Louis XIV, à qui M. Eudore Soulié a consacré une intéressante notice à propos du médaillon du grand roi récemment placé dans sa chambre à coucher du château de Versailles. En 1706, l'artiste, qui paraît avoir joui d'une faveur toute particulière auprès de Louis XIV, obtenait des lettres qui le relevaient de la dérogeance encourue par son père pour avoir exercé le métier de menuisier. Une fastueuse généalogie, peut-être un peu accommodée pour les circonstances, établissait que l'artiste sortait d'une noble famille remontant au temps de Charles VII et énumérait tous les degrés de cette parenté. Ces lettres, comme un certain nombre de celles qu'on va lire, nous révèlent de curieux détails sur la famille et les œuvres du sculpteur en cire. Elles donnent une assez haute idée de son mérite qu'il ne faut pas juger d'après l'opinion généralement accréditée sur le genre pratiqué par Benoist. Nous venons de les publier dans le premier volume des publications de la *Société de l'Histoire de l'Art français* où elles sont accompagnées de notes très-curieuses sur le même artiste dues à M. Chabouillet et à M. de Montaiglon. Tout cela formait un ensemble dont il n'était guère possible de détacher un morceau et qui n'avait pas de raison de figurer ici. Nous n'ajouterons qu'un mot : dans l'Armorial de d'Hozier figurent plusieurs Benoist qu'il ne serait peut-être pas impossible de rattacher à la famille de notre artiste. C'est un fait à élucider ; nous nous contentons pour le moment de poser la question.

Encore une observation et nous aurons fini ce trop long préambule. Nous avions pensé que des lettres de noblesse avaient dû être accordées à François Mansard, le chef et le plus illustre membre de cette fameuse dynastie. Mais toutes nos recherches ont été vaines, et nous ignorons s'il faut inscrire François Mansard parmi les anoblis de l'ancienne monarchie, tandis que son neveu a joint à cette marque

de faveur toutes les autres distinctions dont pouvait disposer la libé-
ralité royale à l'égard d'un artiste.

I.

LEBRUN, peintre.

L'histoire de Lebrun est trop connue et trop présente à toutes
les mémoires pour qu'il soit besoin d'en rappeler même les principales dates. On en trouve d'ailleurs les traits généraux dans toutes
les biographies. Si son acte d'anoblissement n'ajoute rien à l'histoire
de sa vie et de son œuvre, il est curieux par la pompe des termes.
Nous le donnons en entier comme spécimen de cette sorte de pièces.
Ajoutons qu'un édit du mois de septembre 1664 ayant abrogé
les lettres patentes accordées depuis un certain nombre d'années, une
exception fut faite en faveur de Lebrun et ses lettres patentes furent
confirmées en 1665. Voy. *Arch. nat.* : U. 667.

LETTRES D'ANOBLISSEMENT DE LEBRUN PEINTRE

(*Décembre* 1662.)

Louis, par la grâce de Dieu, Roy de France et de Navarre, à tous
présens et à venir, salut. Bien que la vertu militaire rende les souverains redoutables à leurs ennemis, qu'elle établisse la tranquillité
de leurs sujets et fasse l'esclat de leur règne, il se peut dire néant-
moins que comme d'un costé les armes augmentent et affermissent
les estats, les arts libéraux et les autres vertus de la paix les embel-
lissent et y font naistre l'abondance, c'est aussi par ces considérations
que les plus sages des conquérans, après avoir rendu participans de
leurs lauriers et associé à la gloire de leurs triomphes ceux qui avoient
employé leur sang pour la grandeur du prince et le salut de leur patrie,
ont jugé digne de leurs soins la recherche de ces grands génies, lesquels
par l'excellence de leur art se sont rendus illustres dans leurs siècles
et ont transmis à la postérité leur nom bien plus avant que leurs ouvrages. Et comme ceux qui ont excellé dans la peinture ont toujours
esté dans tous ces temps très favorablement traitez dans la cour des
plus grans princes, où non seulement leurs ouvrages ont servi à
l'embellissement de leurs palais, mais encore de monument à leur
gloire, exprimant à la postérité par un langage muet leurs plus belles

et plus héroïques actions, mesme d'ornement aux temples où par
les vives et plus animées expressions des choses saintes ils élèvent
les cœurs aux autels et secondent par la sainteté de leur artifice le
zèle et la piété des ministres ; Aussi nous avons bien voulu donner
au sieur Lebrun, nostre premier peintre, des marques de l'estime que
nous faisons de sa personne et de l'excellence de ses ouvrages qui
effacent, de l'aveu universel, ceux des plus fameux peintres, et par
une récompense d'honneur proportionnée à sa vertu, donner aux
autres de l'émulation de l'imiter et se mettre en estat par leur estude
et leur aplication de mériter pareilles grâces. A ces causes et autres
considérations à ce nous mouvans, et de notre grace spéciale, pleine
puissance et autorité royalle, avons par ces présentes, signées de nostre
main, décoré et honoré, décorons et honorons du titre et qualité de
noble ledit sieur Lebrun, voulons qu'il soit tenu et réputé pour tel,
ensemble sa femme et enfans, postérité et lignée, tant masle que
femelle, nez et à naistre et procréez en loyal mariage, et que luy et
ceux de sadite postérité et lignée soient en tous actes et en droits,
tant en jugement que dehors, tenus, censez et reputez nobles, portans
la qualité d'escuiers, et puissent parvenir à tous degrez de chevaliers
et de nostre gendarmerie, acquérir, tenir et posséder toute sorte de
fiefs, seigneuries et héritages nobles de quelque titre et condition
qu'ils soient, et qu'ils jouissent de tous honneurs, autoritez, prérogatives, prééminences, priviléges, franchises, exemptions et immu-
nitez dont jouissent et ont accoustumé de jouir et user les autres
nobles de notre royaume, tout ainsi que si ledit Lebrun estoit issu
de noble et ancienne race et de porter armes timbrées telles qu'elles
sont cy empreintes sans pour ce qu'il soit tenu nous payer ni aux
rois nos successeurs aucune finance ni indemnité, dont, à quelque
somme qu'elle se puisse monter, nous les avons deschargez et deschar-
geons, et luy en avons fait et faisons don par ces présentes. Si donnons
en mandement à nos amez et féaux conseillers les gens tenans nostre
Cour de Parlement à Paris et à tous nos autres officiers qu'il apar-
tiendra que de nos présentes lettres d'annoblissement et de tout le
contenu cy dessus, ils fassent, souffrent et laissent jouir et user ledit
Lebrun, ses enfans et postérité nez et à naistre en loyal mariage,
pleinement, paisiblement et perpetuellement, cessant et faisant cesser tous troubles et empeschemens au contraire, nonobstant tous édits,
arrests, reglemens, ordonnances et autres lettres à ce contraires auxquelles nous avons dérogé et dérogeons par ces présentes. Car tel est

notre bon plaisir. Et afin que ce soit chose ferme.... Données à Paris au mois de décembre, l'an de grâce mil six cens soixante deux et de nostre règne le vingtiesme. Signé : Louis, et sur le reply, par le Roy Phelypeaux, et scellées [de cire verte du grand sceau. Régistrées, ouy le procureur général du Roy, etc.... à Paris, au Parlement, le 22 mai 1663.　　　*Archives nationales :* X¹A 8663, p. 319, V°.

II.

MANSARD, architecte.

Sur Jules Hardouin Mansard, on peut faire la même remarque qu'à propos de Lebrun : sa biographie est trop connue pour qu'un acte forcément aussi sommaire que celui-ci puisse y ajouter beaucoup. Toutefois il rappelle ses principaux titres de gloire et semble placer au-dessus de tous les autres le palais de Versailles, puis le château élevé à Clagny pour madame de Montespan, le premier ouvrage de notre architecte, enfin la chapelle des Invalides. En 1805, une notice sur Jules-Hardouin Mansard a été lue à l'Athénée des Arts par J. Duchesne et insérée dans le Magasin Encyclopédique du mois d'août. Enfin nous renvoyons à propos de Mansard, comme à l'occasion de tous les architectes qui vont suivre, à l'excellent Dictionnaire des Architectes français tout récemment publié par M. Lance[1].

LETTRES D'ANOBLISSEMENT DE MANSART PREMIER ARCHITECTE DU ROY.

(Septembre 1682).

Louis... Salut. Le désir que nous avons toujours eu de faire fleurir les sciences et les arts nous portant à donner des marques de notre estime à ceux qui excellent dans leur proffession et qui par des talens extraordinaires ont mérité le témoignage de notre bienveillance, nous aurions fait choix de la personne de notre cher et bien aimé JULLES HARDOUIN MANSART pour, en qualité de notre premier architecte, avoir la direction des bastimens de nos maisons royales, et d'autant que dans l'exercice de cet employ, dont il fait les fonctions depuis neuf ans avec une extrême capacité, il s'est rendu recomman-

---

[1] Paris, librairie Morel, 1872, 2 vol. in-8 avec gravures et *fac-simile*.

dable à la postérité par les superbes ouvrages qu'il a eslevés dans notre château de Versailles et autres nos maisons royalles, mêmes en plusieurs autres endroits remarquables, singulièrement à Clagny et à la chapelle des Invalides qui seront des monumens éternels de la plus sçavante architecture, et feront toujours regarder ledit Hardouin Mansart comme digne successeur du nom et de la réputation de *François Mansart,* son oncle dont la mémoire est si célèbre par tant de fameux et magnifiques édifices qui embelissent notre royaume. Considérant d'ailleurs que le père dudit Hardouin Mansart s'estoit acquis aussy un mérite particulier auprès de nous par son expériance consommée dans la peinture, et qu'ainsy l'inclination et l'habileté dans les plus beaux arts est devenue une vertu héréditaire dans sa famille, nous aurions bien voulu luy faire connoistre combien les services qu'il nous a rendus et qu'il nous rend encore tous les jours nous sont agréables, et ne pouvant présentement luy en donner des marques plus glorieuses pour luy et pour ses enfans et successeurs qu'en l'honnorant du titre de noble et d'escuier. Pour ces causes et autres à ce nous mouvans, avons ledit sieur Hardouin Mansart, et ses enfans nays et à naistre en loyal mariage, annoblis et annoblissons par ces présentes signées de notre main, etc...

Donné à Versailles au mois de septembre l'an de grâce 1682 et de notre règne le quarantième. Signé : Louis, et sur le reply, par le Roy, Colbert, et scellées. Registrées en la Chambre des Comptes le 17 mars 1683, et au bureau des finances le 28 septembre 1688.

Archives Nationales : Z, 6015, f° 88 v°.

III.

MIGNARD, peintre.

On remarquera la différence de formule qui existe entre l'acte d'anoblissement de Mignard et celui de Lebrun. Sans attacher à cette question de style une importance exagérée, il est curieux de rapprocher les deux préambules. La fin, à partir de : *A ces causes,* est toujours la même. Le nouvel anobli reçoit le titre d'écuyer et est dispensé de payer finances. Les notices sur Mignard ne manquent pas. On peut en chercher l'indication dans l'*Essai d'une bibliographie générale des Beaux-Arts* par M. Georges Duplessis, toutefois il faut retrancher de son énumération la brochure intitulée : « Londres et Grenoble... Mignard et les supplices, 1838 » , qui s'est ici glissée par méprise, car elle ne concerne à aucun titre notre artiste.

LETTRES D'ANOBLISSEMENT DE PIERRE MIGNARD, PEINTRE.

(*Juin* 1687).

Louis, etc., salut. L'estime singulière que nous avons témoigné pour les beaux-arts depuis nostre avènement à la couronne ayant excité plusieurs de nos subjets à les cultiver avec beaucoup d'application, nous avons eu la satisfaction de les voir portés à leur perfection, et comme nostre cher et bien aimé PIERRE MIGNARD, peintre, natif de nostre ville de Troye en Champagne, s'est distingué entre tous ceux qui y ont le plus contribué par un grand nombre d'excelens ouvrages qu'il a faits en Italie, dont la réputation nous obligea de le rappeler dans nostre Royaume, et qu'il a continué de faire avec tant de succès dans nostre bonne ville de Paris pour la décoration des Eglises et dans nos maisons royalles, principallement pour l'embellissement de nostre chasteau de Versailles, nous avons cru estre obligés de luy donner quelques marques singulières de la distinction que nous faisons de son méritte, c'est pourquoy, estant persuadés que le prix de ses beaux ouvrages estoit au-dessus des gratifications ordinaires, et qu'il n'y avoit que l'honneur qui en pût estre une digne recompense, nous avons jugé à propos de luy en donner une qui repondit à son mérite et à l'estime singulière que nous en faisons, en l'annoblissant luy et les siens, et en faisant ainsy passer de sa personne à postérité l'honneur qu'il a mérité avec un applaudissement si universel ; sçavoir faisons que, pour ces causes et autres à ce nous mouvans, nous avons par ces présentes annobly et annoblissons notre cher et bien amé Pierre Mignard, et du titre et qualité de noble et gentilhomme décoré et décorons ; voulons et nous plaist..... que ledit sieur Pierre Mignard et sa postérité puissent prendre la qualité d'escuyer et parvenir à tous degrés de chevallerie et autres réservés à nostre noblesse, etc....

Donné à Versailles au mois de juin, l'an de grâce mil six cens quatre vingt sept et de nostre règne le quarante cinquiesme. Signé Louis etc...

Registrées ouy le procureur général du roy..... A Paris, en Parlement, le vingt juin 1687 [1].   *Arch. Nat.* : X[1] A 8681 fol. 152.

IV.

Robert de COTTE, architecte.

M. Destailleurs, dans ses *Notices sur quelques artistes français*,
M. Jal, dans son *Dictionnaire historique*, et enfin tout dernièrement
M. Lance, dans son beau travail sur *les Architectes français*, ont
raconté la vie de cet artiste éminent qui dut plus peut-être à la
parenté de Mansart qu'à un mérite d'ailleurs incontestable les
nombreuses marques de faveur dont il fut comblé et parmi lesquelles
doivent être placées en premier rang les lettres d'anoblissement
qu'on va lire.

LETTRES D'ANOBLISSEMENT DU SIEUR ROBERT DE COTTE.

(*Mars* 1702.)

Louis... Le désir que nous avons toujours eu de faire fleurir les
sciences et les arts nous portant... (*voyez les lettres de Mansart*)
nous aurions fait choix de la personne de nostre cher et bien-amé
ROBERT DE COTTE pour, en qualité de nostre architecte ordinaire, et
ayant la direction de nostre Académie royalle d'architecture, et nostre
intendant et ordonnateur général de nos bastiments, jardins, arts et
manufactures royalles, avoir le soin de nos maisons royalles sous
les ordres de nostre amé et féal le sieur Julles Hardouin Mansart,
son beau-frère, surintendant de nos bastiments, et d'autant que
dans l'exercice de ces employs et charges depuis vingt-huit ans,
dont il fait les fonctions avec une très-grande capacité, il s'est rendu
recommandable à la postérité, tant par les superbes édifices qu'il a
conduits sous ledit sieur Mansart dans toutes nos maisons royalles,
singulièrement à Versailles, Trianon, Clagny, Marly, l'église de
l'hostel des Invalides, les places des Victoires et de Vandosme, que
par d'autres édifices publics et particuliers qu'il a eslevés et produits

---

[1] Sur un acte authentique concernant Pierre Mignard, nous avons trouvé des armoiries qui sont très-probablement celles de l'artiste. L'acte en question décrit ainsi
ces armoiries apposées sur un cachet de cire : « Un cartouche à un lion rampant,
au chef chargé de trois trèfles timbré d'un casque. »

de son génie en divers endroits de nostre royaume, qui seront des
marques de sa grande expérience dans l'architecture, considérant
d'ailleurs que les ancestres dudict Robert de Cotte ont professé cet
art avec distinction, notamment *Frémin de Cotte*, son ayeul, lequel
a servi en qualité d'ingénieur au siége de la Rochelle où il fut blessé,
et d'architecte ordinaire sous le règne de Louis XIII, nostre très-
honoré père et seigneur, et qu'ainsy l'inclination et l'habileté dans
les plus beaux arts est devenue une vertu héréditaire dans sa
famille, nous avons bien voulu luy faire connoistre combien les
services qu'il nous a rendus et qu'il nous rend encore tous les jours
nous sont agréables, et ne pouvant présentement lui en donner des
marques plus glorieuses pour lui et pour ses enfans et successeurs
qu'en l'honorant du titre et dignité de noble et d'écuyer, pour ces
causes et autres à ce nous mouvans... avons ledit sieur de Cotte et
ses enfans nais et à naistre en loyal mariage annoblis et annoblissons par ces présentes...

Donné à Versailles, au mois de mars l'an de grâce 1702, et de
nostre règne le cinquante-unième. Signé : Louis, et sur le reply, par
le roy, Philippeaux... [1].

Archives nationales : Z, 6020, fol. 54, v°.

V.

Jacques DESJARDINS, contrôleur des bâtiments.

Des termes des lettres patentes accordées à Jacques Desjardins on
pourrait conclure que son père aurait mieux mérité que lui l'honneur
qui lui fut accordé probablement par l'influence toute-puissante de
son oncle J. H. Mansard. En effet toute la famille du surintendant
y passe successivement : nous venons de voir anoblir son beau-frère
R. de Cotte ; maintenant c'est le tour de son neveu ; mais en accordant à Desjardins un honneur rarement obtenu par des hommes de

---

[1] Les lettres qui précèdent furent enregistrées au Parlement moyennant une
aumône de 120 liv. que dut payer le sieur de Cotte. En 1715, ledit de Cotte fut excepté
des dispositions de l'édit du mois d'août portant révocation de tous les anoblissements accordés depuis le 1ᵉʳ janvier 1689. Ces lettres de confirmation de noblesse
furent enregistrées au Parlement, à la Chambre des comptes et à la Cour des aides,
22 février 1717. (*Arch. nat.*, U, reg. 668.)

ce rang, le roi semble placer les titres du père bien au-dessus de
ceux du fils. Martin Baugaerten ou Desjardins, né à Bréda en 1640,
mort en 1694, fut attiré en France où il entra à l'Académie de peinture et sculpture en 1671. Voyez sur lui la table des six volumes de
la première série des *Archives de l'art français*. Les ouvrages ici
rappelés sont surtout quatre statues de Louis XIV; d'abord celle
que le duc de la Feuillade avait fait ériger à ses frais pour la place
des Victoires et que Desjardins fit fondre d'un seul jet. Ce monument, dessiné par P. Sevin et gravé par C. Vermeulen, est placé en
tête du Traité des statues, composé par François Lemée et publié
chez Arnould Seneuze en 1688, bien peu de temps sans doute après
cet embellissement de la place des Victoires. La statue de Louis XIV
exécutée pour la place Bellecour à Lyon était équestre. Celles qui
décoraient la ville d'Aix et l'orangerie de Versailles représentaient
le roi en pied. On trouve dans les biographies l'énumération d'autres ouvrages de cet artiste.

LETTRES D'ANOBLISSEMENT DE JACQUES DESJARDINS

(*Mai* 1704.)

Louis... salut. Le désir que nous avons toujours eu de faire fleurir les sciences et les arts nous portant à donner des marques publiques de nostre estime à ceux qui excellent dans leurs professions et
qui par des talens extraordinaires ont mérité le témoignage de nostre
bienveillance, nous avons considéré que feu *Martin Desjardins*,
l'un de nos sculpteurs ordinaires, directeur de nostre Académie de
peinture et sculpture, a esté un de ces excellens ouvriers, ainsi qu'il a
paru par les grands ouvrages qu'il a faits tant à la place des Victoires
qui font une partie des beautés de nostre bonne ville de Paris que
les grandes figures équestres de bronze qu'il a faittes dans nos villes
de Lion et d'Aix, et de plusieurs autres ouvrages tant en marbre
qu'en bronze qui sont sortis de ses mains pour la magnificence et
embellissement de nos maisons royales, comme par ses ouvrages il
s'estoit rendu digne de quelques marques d'honneur et de distinction dans son art, nous avons voulu les départir à Jacques des Jardins,
son fils, contrôleur de nos bastimens en nos chasteaux de Marly et
Noisy, jardins, parcs et dépendances, lequel dans l'exercice qu'il
fait de cette charge sous les ordres du sieur Mansart, son oncle,
surintendant de nos bastimens, nous donne de continuelles marques

de sa capacité et de sa fidélité, qui le rend digne de nos grâces parti-
culières. A ces causes,.. avons ledit sieur Jacques des Jardins et ses
enfans nez et à naistre en loyal mariage annobly et annoblissons par
les présentes, etc...

Donné à Versailles au mois de may, l'an de grâce 1704...

Régistrées le 30 juin 1704.

Archives nationales : X¹A, 8698 fol. 354.

VI.

GABRIEL, architecte.

Encore un parent du tout-puissant Jules-Hardouin Mansard,
c'est le troisième ; et un détail qui n'est pas le moins singulier, c'est
que toutes ces faveurs aient été accordées presque en même temps
dans l'espace de trois mois à peine. D'ailleurs Jacques Gabriel fils
fut éclipsé par la réputation de son fils Jacques-Ange, comme il a
l'air d'avoir effacé lui-même son père Jacques Iᵉʳ. Sur les différents
membres de cette famille assez compliquée parce que le même pré-
nom passa du père au fils pendant plusieurs générations, je renvoie
particulièrement au dictionnaire de M. Lance qui a étudié avec
grand soin cette importante dynastie d'architectes.

Nous joignons aux lettres de noblesse l'acte en vertu duquel
Jacques Gabriel fut excepté, comme son émule et parent (puis-
que tous deux étaient alliés à Mansard) Robert de Cotte, de l'édit
abolissant en 1715 les anoblissements récents. Nous avons cru qu'on
verrait avec intérêt figurer ici un de ces actes, comme exemple.
L'anoblissement étant devenu, pendant les dernières années du
règne de Louis XIV, un expédient très-souvent employé pour faire
rentrer quelque argent dans les coffres vides de l'État, on conçoit
qu'il était nécessaire, pour maintenir l'efficacité de l'expédient, d'an-
nuler les lettres concédées depuis un certain temps, sauf à en concé-
der de nouvelles moyennant finance. C'est à peu près l'histoire des
Juifs au moyen-âge ; on les frappait de bannissement pour confis-
quer leurs biens, puis on leur accordait l'autorisation de rentrer
pour pouvoir les chasser et les dépouiller derechef.

LETTRES D'ANOBLISSEMENT DE JACQUES GABRIEL, ARCHITECTE.

(*Mai* 1704.)

Louis... salut. Le désir que nous avons toujours eu de faire fleurir les sciences et les arts nous portant à donner des marques publiques de nostre estime à ceux qui excellent dans leur profession et qui par des talens extraordinaires ont mérité le témoignage de nostre bienveillance, nous aurions fait choix de la personne de nostre cher et bien-amé Jacques Gabriel, pour en qualité de nostre architecte et controlleur général de nos bastimens, jardins arts et manufactures royalles, avoir le soin de nos maisons royalles sous les ordres de nostre amé et féal le sieur Julles-Hardouin Mansart, son cousin, surintendant de nos bastimens, et d'autant que dans l'exercice desdits employs et charges depuis dix-sept ans, dont il fait les fonctions avec une très-grande capacité, il s'est rendu recommandable par les superbes édiffices qu'il a conduits dans plusieurs de nos maisons royalles et autres endroits de notre royaume, sous les ordres et desseins dudit sieur Mansart, dans lesquels il a donné des marques de son expérience dans l'architecture et de son application à nostre service ; considérant d'ailleurs que les ancestres dudit sieur Jacques Gabriel ont professé cet art avec distinction, notamment le sieur *François Mansart*, son grand oncle, lequel a produit tant d'ouvrages excellents d'architecture dans nostre royaume, qu'il a surpassé les architectes qui l'ont précédé, et que son nom demeurera toujours recommandable à la postérité, et encore le sieur *Jacques Gabriel*, son père, l'un de nos architectes, lequel pendant vingt-six ans qu'il nous a servy dans la construction des plus grands édiffices de nos maisons royalles sous les ordres dudit Mansart, a donné des marques de sa grande expérience et capacité, et qu'ainsy l'inclination et l'habileté dans les plus beaux arts est devenue une vertu héréditaire dans sa famille, nous avons bien voulu luy faire connoistre combien les services qu'il nous a rendus et nous rend encore tous les jours nous sont agréables et ne pouvant lui en donner des marques plus glorieuses pour luy et pour ses enfants et successeurs qu'en l'honorant du titre de noble et d'écuyer. Pour ces causes.... Nous avons ledit sieur Gabriel, et ses enfants, anobly et anoblissons par ces présentes, etc...

Donné à Versailles, au mois de may, l'an de grâce 1704.
Régistrées à Paris, en Parlement, le 29 juillet 1704.

Archives nationales : X¹ A, 8698 fol. 404.

LETTRES PATENTES EXCEPTANT JACQUES GABRIEL DE L'ÉDIT ABOLISSANT
LES LETTRES DE NOBLESSE.

(10 *février* 1717.)

Louis... salut. Nostre cher et bien-amé JACQUES GABRIEL, nostre
architecte et controlleur général de nos bastimens, jardins, arts et
manufactures, nous a très-humblement fait représenter que par
lettres-patentes du mois de may 1704 registrées où besoin a esté, le
feu Roy, nostre très honoré seigneur et bysayeul, voulant recon-
noistre et récompenser ses services importants, l'auroit anobly, luy,
ses enfans et ses descendans, nez et à naistre en légitime mariage,
ainsi qu'il est plus au long porté sur lesdites lettres, que bien que
par l'édit du mois d'aoust 1715 il soit porté entr'autres choses que
tous les anoblissements accordez depuis le 1ᵉʳ janvier 1689 par lettres
moyennant finance, en conséquence des édits des mois de mars 1696,
may 1702 et décembre 1711, ou autrement, demeureront revoquez,
éteints et suprimez, et que ladite révocation ne puisse et ne doive
concerner en quelque manière que ce soit ceux qui ont esté anoblis
sans aucune finance, mais en considération de services distinguez
connus et rendus au feu roy et sous ses yeux comme ceux dudit
sieur *Gabriel*, qui nous les continue encore actuellement, en qualité
de notre architecte ordinaire et de controlleur de nos bastimens,
jardins, arts et manufactures, néanmoins pour obvier toutes les
difficultez qui pourroient luy estre faites à l'avenir en vertu dudit
édit du mois d'aoust 1715, il nous auroit très-humblement fait
supplier de vouloir sur ce luy pourvoir, et voulant luy donner des
marques de la satisfaction que nous avons de ses services et luy
éviter toutes discussions qui pourroient luy estre faites mal à propos
sur le mot d'autrement, nous aurions fait rendre le 11 février 1716
un arrest en nostre Conseil d'Estat, nous y estant, par lequel nous
aurions expliqué nos intentions et pour l'exécution duquel nous
aurions ordonné que toutes lettres patentes nécessaires seroient
expédiées. Pour ces causes et autres à ce nous mouvans, après
avoir fait voir en nostre Conseil lesdites lettres patentes du mois de
may 1704, l'édit du mois d'aoust 1715, et ledit arrest du 11 février

1716 cy attachez sous le contre scel de nostre chancellerie, de l'avis de nostre très-cher et très-amé oncle le duc d'Orléans, régent... Nous avons déclaré, et par ces présentes signées de nostre main, déclarons que la révocation faite par l'édit du mois d'aoust 1715 des anoblissements accordez depuis le 1er janvier 1689, moyennant finance ou autrement, ne concerne en aucune manière les lettres d'anoblissement accordées audit sieur Gabriel au mois de may 1704, en considération de ses services, voulons et entendons que le sieur Gabriel ensemble ses enfants, et postérité nez et à naistre en légitime mariage, jouissent de tout l'effet et contenu auxdites lettres sans qu'ils puissent estre troublez ni inquiettez sous prétexte dudit édit du mois d'aoust 1715, auquel nous avons, en tant que besoin est ou seroit, dérogé et dérogeons par cesdites présentes, pour ce regard seulement et sans tirer à conséquence, si vous mandons par ces présentes vous ayez à faire registrer...... Car tel est notre plaisir.

Donné à Paris le 10 février l'an de grâce 1717 et de nostre règne le deuxième. Signé : Louis; par le Roy, le duc d'Orléans régent...

Registré le 23 mars 1718.

Archives nationales : X¹A 8717, f°.

VII.

Antoine COYPEL, peintre.

Il est assez naturel que les Coypel, en qualité de premiers peintres du roi, aient été à peu près régulièrement gratifiés de lettres de noblesse; nous avons vu celles de Le Brun et de Mignard; voici l'anoblissement d'Antoine Coypel pour qui fut rétablie la charge de premier peintre, vacante depuis la mort de Mignard; on arrivera tout-à-l'heure à Louis de Boullongue, successeur de Charles Coypel dans la charge de premier peintre.

Si on trouve dans cet acte peu de détails biographiques sur le titulaire, par contre c'est le seul cas où nous ayons rencontré les armoiries accordées au nouveau gentilhomme, et cette anomalie mérite d'être signalée.

LETTRES D'ANOBLISSEMENT D'ANTOINE COYPEL.

(Avril 1717.)

Louis... salut. Une des principales attentions du souverain devant être de récompenser la vertu, ce qu'il ne peut faire plus dignement dans les personnes en qui elle se trouve que par des marques d'honneur qui les distinguent du commun et passent à leur postérité, Nous croyons devoir suivre en cela l'exemple des Roys nos prédécesseurs qui ont toujours pris soin d'élever au rang de noblesse, non seulement ceux qui ayant embrassé la profession des armes ont généreusement exposé leur vie pour la deffense et la gloire de l'Etat, mais même ces grands génies qui, par la culture des arts libéraux, se sont rendus illustres dans leurs siècles et ont transmis à la postérité leurs noms bien plus avant que leurs ouvrages, et comme ceux qui ont excellé dans la peinture ont été dans tous les tems très favorablement traités dans les cours des plus grands princes où leurs ouvrages ont servi à l'embelissement de leurs palais et de monument à leur gloire en représentant à la postérité leurs plus belles et plus heroïques actions, décorant d'ailleurs les temples où, par les plus vives et plus animées expressions des choses saintes, ils élèvent les cœurs aux autels et secondent par la sainteté de leurs artifices le zèle et la piété des ministres.

Nous avons bien voulu donner au sieur Antoine Coypel, notre premier peintre, Directeur de notre Académie de peinture, des marques de l'estime que nous faisons de sa personne et de l'excellence de ses ouvrages, et, par une récompense d'honneur proportionnée à sa vertu, exciter dans les autres l'émulation de l'imiter et se mettre en état par leurs études et leur aplication de mériter pareille grâce. A ces causes, et autres considérations à ce nous mouvans,.... nous avons par ces présentes signées de notre main decoré et honoré, décorons et honorons du titre et qualité de noble ledit sieur Coypel, voulons qu'il soit tenu et reputé pour tel, etc., et puisse porter armes timbrées d'un écu de gueules à un aigle d'or le vol étendu et un chef d'azur chargé d'un soleil d'or acosté de deux fleurs de lys de même, telles qu'elles sont cy empreintes, sans que pour ce il soit tenu de nous payer aucunes finances... Si donnons en mandement..

Donné à Paris au mois d'avril, l'an de grâce 1717 et de notre règne le deuxième. Signé : Louis...

Registré en Parlement le 8 juin 1717.
Arch. nat. : X¹ A, 8717 fol. 448, *v°.*

VIII.

Louis **DE COTTE**, ingénieur-architecte.

Voici le frère de Robert de Cotte anobli en 1704. Celui-ci, bien qu'architecte aussi et contrôleur des bâtiments à Fontainebleau, est resté à peu près inconnu. Ce n'est pas qu'il n'ait essayé bien des métiers. Ici nous le voyons tour à tour capitaine au régiment de Navarre, ingénieur à plusieurs siéges, puis architecte et contrôleur à Fontainebleau. Sa carrière rappelle assez bien, par la diversité des emplois, celle de Fremin de Cotte, son glorieux ancêtre, qui contribua, malgré sa blessure, à la prise de La Rochelle. Je lis dans la dernière biographie générale qu'il était fils de Robert de Cotte. On voit que c'est une erreur. On ajoute qu'il n'est connu que par les registres de l'Académie d'architecture où il fut reçu en 1724. M. Lance lui-même n'a pas eu d'autres détails sur sa biographie. Nos lettres patentes fourniront donc quelques renseignements nouveaux aux biographes futurs. M. Jal qui a retrouvé beaucoup de détails sur cette famille ignorait jusqu'à l'existence de notre Louis.

LETTRE D'ANOBLISSEMENT DE LOUIS DE COTTE, INGÉNIEUR ET ARCHITECTE.

(*Mai* 1721.)

Louis... salut. Nous sommes toujours disposés, à l'exemple des Roys nos prédécesseurs, à donner des marques d'honneur à ceux de nos sujets qui se distinguent, soit par les armes, soit par les sciences et les arts, à plus forte raison lorsque rassemblant en eux les différens talens, ils nous servent également bien dans ces différentes professions, et d'autant que le sieur Louis DE COTTE, après nous avoir servy en qualité de capitaine dans notre régiment de Navarre, et d'ingénieur pendant un tems considérable, et notamment aux siéges de Suze, Veillance, Cony, Valence, Ath et autres endroits où, sans égard au péril et à plusieurs blessures, il s'est comporté avec une con-duitte et une valleur dignes de notre attention, il continue de nous

2

donner des marques de son expérience, de son zèle et de son affection en qualité de notre architecte et controlleur de nos bastimens à Fontainebleau, nous avons bien voulu à l'exemple du feu Roy, notre très honoré seigneur et bizayeul qui a anobly le sieur *De Cotte*, notre premier architecte et intendant de nos bastimens, son frère, tant en considération de ses services que de ceux de *Fremin de Cotte* leur ayeul, ingénieur au fameux siége de La Rochelle, témoigner la satisfaction que nous en avons, en luy accordant la mesme grâce. A ces causes et autres à ce nous mouvans... nous avons annobly et annoblissons notre bien aimé Louis de Cotte et ses enfans mâles et femelles... et voulons qu'ils prennent la qualité d'écuyers dont nous les avons décorés....

Donné à Paris, au mois de may, l'an de grâce 1721...

Archives nationales : **Z.** 6031, fol. 147 v°.

IX.

Armand Claude **MOLLET**, architecte.

Voici un des actes les plus intéressants que nous ayons rencontré, comme nous allons essayer de le prouver. On connaissait depuis la fin du seizième siècle un certain nombre de personnages ayant porté ce nom et ayant tous contribué à la distribution ou à la décoration des différents jardins royaux. Cette charge de jardinier des maisons royales fut pendant plusieurs générations héréditaire dans la famille. Seulement on ne pouvait que difficilement établir la généalogie de ces jardiniers qui furent à proprement parler des artistes. Pourquoi leur réputation n'a-t-elle pas égalé celle de Le Nostre? Il faut s'en prendre sans doute à ces caprices de la Renommée qui exalte souvent certains noms au détriment de certains autres non moins dignes de réputation. Quoi qu'il en soit, le talent des Mollet a été méconnu jusqu'ici ; M. Jal ne les cite même pas en passant, et pourtant leur nom se retrouve à toutes les pages des Registres de la maison du Roi. A-t-il craint les confusions? Désormais l'acte que nous publions, s'il n'établit pas la généalogie de la famille d'une manière définitive, servira du moins de fil conducteur à ceux qui s'occuperont de ces hommes distingués injustement dédaignés. Voici sommairement cette généalogie telle qu'elle résulte de nos lettres patentes :

1. *Pierre* Mollet, jardinier des Tuileries, 1588.

2 *Claude* Mollet, son fils, jardinier des Tuileries, de Fontainebleau et de Villers–Coterets.

3. *Claude* Mollet, fils du précédent, jardinier des Tuileries, de Fontainebleau, Saint-Germain-en-Laye, Liancourt et Versailles.

4. *Charles* Mollet, fils de Claude II, continue les travaux de son père.

5. *Armand Claude* Mollet, fils de Charles, a la survivance de son père en 1592; il reste à rechercher les différentes charges de Charles auxquelles le document fait allusion.

LETTRE D'ANOBLISSEMENT POUR LE SIEUR ARMAND CLAUDE MOLLET.

(*Janvier* 1722).

Louis... La générosité de la nation luy faisant préférer les titres d'honneur aux récompenses utiles, nous avons toujours remarqué que rien n'animoit davantage les différens talens de nos sujets, que d'en gratifier ceux qui se sont distinguez par leurs travaux ou leurs services, et si nous les avons souvent accordez au mérite personnel, à plus forte raison les devons-nous à ceux qui en s'appliquant sans relâche aux arts les plus nécessaires ne font que suivre un zèle héréditaire que leurs pères leur ont successivement transmis; dans cet esprit, estant bien informez que nostre bien amé AMAND CLAUDE MOLLET, arrière-petit-fils de *Pierre Mollet* qui, dès l'année 1588, avoit le soin de l'ancien jardin des Thuilleries, que *Claude Mollet*, son fils et son successeur, embellit de manière que noz prédécesseurs lui confièrent les desseins des jardins de nos maisons de Fontainebleau et de Villers-Cotterets; *Claude Mollet*, fils du précédent et son successeur dans sa charge, n'employa pas moins utilement ses talens; c'est à ses desseins qu'on doit le magnifique jardin du titre de nostre maison royalle de Fontainebleau, comme ceux de Saint Germain-en-Laye, Liancourt, et le premier establissement de ceux de Versailles; aussy en 1653 (ou 8 ?) le feu Roy le logea dans le Louvre et luy donna le soin particulier du jardin de ce château et de tous ceux qui se pouroient faire dans la suite. Ces avantages furent continuez à *Charles Mollet*, son fils, qui s'en estoit rendu digne et qui a continué tant qu'il a vécu avec le mesme zèle et la mesme capacité ; ces exemples ont tellement excité et perfectionné ledit *Armand Claude Mollet* que dès l'année 1692, nostre bisayeul luy donna la survivance des charges de son père ; la réputation qu'il s'est acquis le fit pourvoir de celle de controlleur général de nos bâtimens, jardins, arts et manufactures en 1698 ; l'Académie d'architecture ayant été rétablie en 1699, il fut choisi des premiers pour entrer dans un corps composé de personnes d'élite ; enfin en 1700, 1712 et 1718 les soins les plus importans de son art luy ayant esté confiez à differens titres, nous avons bien voulu y en ajouter qui, mérités par ses ayeux et par luy, ont été pour faire. jouir sa postérité des honneurs qu'ils ont acquis. A ces causes et autres à ce nous mouvans, de l'avis de nostre très-cher et très-amé oncle le duc d'Orléans, régent, et de notre grâce spécialle, pleine puissance et autorité royalle, nous avons annobli par ces présentes signées de nostre main, annoblissons nostre amé Armand Claude Mollet et ses enfans, mâles et femelles, nez et à naistre, etc., voulons qu'ils puissent porter armes timbrées telles qu'elles sont signées dans ces presentes lettres et réglées par le sieur d'Hozier, nostre généalogiste et juge d'armes de France, suivant la commission contenue dans l'arrest du conseil du 18 décembre 1696, ycelles faire graver et insculper en ses maisons, terres et seigneuries en vertu des présentes qui ne pourront estre sujettes à aucune supression. Si donnons en mandement etc....

Donné à Paris, au mois de janvier l'an de grâce 1722 et de notre règne le 7ᵉ. Signé : Louis, etc... *Arch. nat. :* Z, 6026, fol. 137, vᵒ.

X.

Louis DE BOULLONGNE, peintre.

Les lettres-patentes qui concernent Louis de Boullongne, successeur d'Antoine Coypel, comme premier peintre du Roi, rappellent les travaux les plus importants de sa carrière. Il est malheureux que toutes les lettres d'anoblissement ne soient pas aussi détaillées que celles-ci. Toutes les œuvres citées ici sont assez connues pour que nous soyons dispensé d'y insister. On trouvera d'ailleurs des renseignements sur notre artiste dans les vies des Premiers Peintres du Roi, de Lépicié. Louis de Boullongne est un des premiers artistes qui ait été décoré du cordon de Saint-Michel comme on le verra par la liste que nous donnons plus loin.

LETTRES D'ANOBLISSEMENT DE LOUIS DE BOULLONGNE,
PREMIER PEINTRE DU ROI.

(*Novembre* 1724.)

Louis... Salut. Comme la noblesse est la plus grande marque d'honneur que nous puissions donner à ceux de nos sujets qui se distinguent par leurs vertus et leurs services, nous nous trouvons d'autant plus portés à accorder cette grâce à Louis de Boullongne, nostre Premier Peintre, et Directeur de nostre Accadémie royale de peinture et sculture, qu'il s'est rendu illustre depuis cinquante années par les ouvrages de peinture qu'il a fait dans nos maisons royales, ayant commancé dès sa plus tendre jeunesse avec tant de succès dans son art, qu'après avoir remporté les premiers prix de nostre Accadémie royale en l'année 1674, il auroit esté envoyé à Rome par le feu Roy nostre très honoré seigneur et bisayeul avec une pension pour se perfectionner sur les ouvrages des grands maistres, d'où estant revenu en France en 1680, il auroit esté reçeu en nostre Accadémie de Paris et employé à faire plusieurs tableaux dans les appartemens de nostre chasteau de Versailles et particulièrement un grand tableau pour nostre salon de Marly en 1699, pour lequel il luy auroit esté accordé une pension en l'année 1703 ; il auroit esté choisy comme un des plus habiles hommes pour peindre à fresque une des quatre grandes chapelles de nostre églize royalle des Invalides, ensuitte il auroit aussy esté nommé en l'année 1709 pour peindre la chapelle de la Vierge dans nostre chapelle de Versailles, et ledit sieur de Boullongue s'estant acquis une grande réputation par ces belles compositions et par la correction du dessein dans ses ouvrages, il fist en 1714 deux grands tableaux des sujets de la Vierge pour le chœur de l'églize de Nostre-Dame à Paris, et voulant donner audit sieur Boullongne des marques de nostre satisfaction, nous luy aurions accordé une nouvelle pension, après quoy ayant esté fait recteur de nostre accadémie royale, où il avoit exercé la charge de professeur pendant plus de vingt années, il en fut esleu directeur en 1722 et choisy par nous pour faire le dessin de nos médailles et mis au nombre des pensionnaires de nostre Accadémie des Inscriptions et belles-lettres, la protection que nous voulons donner aux arts, à l'exemple du feu Roy nostre honoré seigneur et bisayeul, nous auroit encore engagé à récompenser le mérite dudit sieur Boulongne en l'honnorant de nostre [ordre] de chevalerie de Saint-Michel que nous luy avons accordé ladite année 1722, et une des principalles attentions d'un souverain devant estre de récompenser le mérite, ce qu'il ne peut faire plus dignement dans les personnes en qui il se trouve que par des marques d'honneur qui les distinguent du commun et passent à leur postérité. A ces causes... nous avons annobli et décoré ledit sieur Louis de Boullongne... des titres et priviléges de noblesse, voulons qu'il puisse prendre les qualités de noble, d'écuyer et parvenir à l'ordre de chevalerie, etc..

Donné à Fontainebleau au mois de novembre l'an 1724... Registré en Parlement le 30 décembre 1724.

Arch. nat. : X' A, 8730 p. 45.

XI.

Nicolas DORBAY, architecte.

François Dorbay, oncle, et non père, comme le disent à tort les biographies, de Nicolas Dorbay, jouit autrefois d'une grande réputation ; aujourd'hui son nom est presque inconnu. Cependant on lui doit le Collége des Quatre-Nations, aujourd'hui Palais de l'Institut, à Paris, et la porte du Peyrou à Montpellier. Malheureusement les lettres-patentes ne disent pas à quel titre le père et l'aïeul de Nicolas furent employés au service du Roi ; quant à Nicolas Dorbay, s'il est réellement né en 1679, comme en 1738 on le dit depuis quarante ans employé dans les Bâtiments du Roi, il y serait entré à l'âge de dix-neuf ans. Cela ne peut guère s'expliquer que par les services rendus par son père, son grand-père et surtout son oncle et, pour cette raison, j'inclinerais à croire qu'eux aussi ont figuré parmi les architectes ou contrôleurs des bâtiments.

LETTRES D'ANOBLISSEMENT DE NICOLAS D'ORBAY, ARCHITECTE

(Juillet 1738.)

Louis... salut. Les hommes nés avec d'heureuses dispositions ne se dévouent pas au service de leur souverain dans la seulle vue d'en obtenir des bienfaits qui établissent ou ajoutent à leur fortune, une émulation plus noble les anime, et, par une étude suivie, ils cherchent à acquérir des lumières supérieures dont l'aplication puisse les rendre recommandables en contribuant à la splendeur de l'État, ces sentiments sont héréditaires dans la famille de nostre très-cher et bien-amé Nicolas d'Orbay, architecte de la première classe de notre académie et controlleur de ses bastimens ; ses père et ayeul, et le sieur *Dorbay*, son oncle, l'un de nos premiers architectes, ont été successivement attachés au service des roys nos prédécesseurs ; plusieurs édifices publics que l'histoire a consacrés à la postérité, et dont ils ont donné les plans et suivy l'exécution, sont autant de monuments qui immortalisent leur goût et leurs talens, le sieur Dorbay a dignement suivy les traces de ces ancestres depuis quarante ans qu'il nous sert dans nos bastimens ; il nous y a donné dans toute occasion des preuves de l'étendue de ses connaissances dans l'art de l'architecture et de sa précision dans l'exécution des ouvrages considérables dont il a été chargé, son zèle pour notre service et son désintéressement l'ont rendu également digne de notre bienveillance, nous croyons ne pouvoir luy en donner une marque plus distinguée qu'en luy accordant des honneurs qu'il puisse transmettre à ses descendants et que nous avons toujours réservés à la vertu. A ces causes et autres et à ce nous mouvans... nous avons annoblis et par les présentes signées de notre main annoblissons nostre très-cher et bien-amé N. Dorbay et ses enfants masles et femelles, nez et à naistre... et prennent la qualité d'escuyer dont nous les avons décoré...

Donné à Compiégne, au mois de juillet, l'an de grâce 1738.

Archives nationales : Z, 6031, fol. 103.

XII.

SOUFFLOT [1] architecte.

Né en 1713, Soufflot, quand il reçut ses lettres d'anoblissement, n'avait pas encore exécuté l'édifice qui devait immortaliser son nom.

---

[1] Nous devons la communication des deux documents relatifs à Soufflot et à Cochin à l'obligeance de notre ami, M. Courajod. Nous tenons à lui exprimer ici nos remerciements.

Il venait seulement d'en proposer les plans, et dans un concours public, ouvert pour la reconstruction de l'église Sainte-Geneviève, son projet l'avait emporté sur ceux de tous ses concurrents. Commencé en 1757 [1], l'érection du nouveau temple n'exigea pas moins de sept années de fouilles et de travaux préliminaires, car la première pierre ne fut posée par Louis XV qu'en 1764. On connaît, et nous n'avons pas ici la place d'y insister, les vives attaques dont l'œuvre de Soufflot fut l'objet, surtout de la part de l'architecte Patte, et la discussion passionnée qui s'en suivit. On sait également que Rondelet, sous le Directoire, parvint à assurer la solidité de l'édifice, dont la destination devait si souvent être changée.

Pour être la plus célèbre des œuvres de Soufflot, l'église Sainte-Geneviève ne doit pas faire oublier nombre d'autres édifices remarquables dont il dirigea les travaux, surtout dans la ville de Lyon, et qui sont d'ailleurs énumérés dans ses lettres d'anoblissement. Ce document nous apporte encore sur la famille, la jeunesse et les premières études de l'architecte, de précieux détails. En rappelant le voyage de M. de Marigny en Italie, voyage pendant lequel Cochin et Soufflot furent appelés à jouer le rôle de mentors auprès du futur directeur des bâtiments, notre acte semble indiquer l'origine de la fortune de l'architecte de Sainte-Geneviève. C'est sans doute à cette circonstance fortuite qu'il dut, ainsi que Cochin, son compagnon de voyage, d'abord les lettres de noblesse qui leur furent accordées en même temps, et enfin, une faveur qui ne se démentit pas pendant toute la période du ministère du frère de Madame de Pompadour.

LETTRES D'ANOBLISSEMENT DE SOUFFLOT, ARCHITECTE DU ROY.

(Mars 1757.)

Louis, etc. Les rois, nos prédécesseurs, ayant toujours envisagé le privilége de la noblesse comme la récompense la plus digne, et en même temps, la plus flatteuse qu'ils puissent accorder à ceux de leurs sujets qui s'étoient distingués dans les différents états qu'ils

---

[1] Les lettres-patentes pour la construction de la nouvelle église Sainte-Geneviève, datées du mois de mars 1757, suivent immédiatement les lettres de noblesse de Soufflot dans le registre de la Maison du Roi, des Archives nationales, coté O¹, 101.

avoient embrassés, nous nous sommes, à leur exemple, singulièrement attachés à y faire partiper ceux des nôtres qui, par une
application suivie, autant que par la supériorité de leurs talents,
contribuent à faire fleurir de plus en plus les arts dans notre royaume.
Ces deux qualités se trouvent réunies, dans un degré éminent, en
la personne de notre cher et bien-aimé JACQUES-GERMAIN SOUFFLOT,
l'un de nos architectes ordinaires et de notre académie d'architecture, controlleur de nos bâtiments au département de notre bonne
ville de Paris, elles lui ont mérité de notre part cette glorieuse
marque de l'estime que nous en faisons.

Ledit sieur Soufflot, issu d'une famille de notre province de Bourgogne, qui y a toujours vécu honorablement. Son père, Germain
Soufflot, avocat à notre Cour de parlement et lieutenant au bail-
liage d'Iranci, diocèse d'Auxerre, l'amena à Paris pour y faire ses
études. Il était à peine sorti des humanités que le penchant insur-
montable qu'il sentit pour l'architecture lui fit entreprendre le
voyage de Rome, dans la vue de s'y livrer tout entier ; les progrès
qu'il y fit en fort peu de temps lui procurèrent une place dans l'académie que nous y entretenons. Six à sept années d'une étude pro-
fonde, tant à Rome que dans d'autres villes d'Italie, le mirent en
état de revenir dans sa patrie y déposer le fruit de ses connaissances
et de ses acquisitions. Il fut d'abord retenu à Lyon où, quoique fort
jeune encore, on le chargea de faire les desseins et de faire l'exécution de l'Hôtel-Dieu, l'un des bâtiments les plus considérables que
ce siècle ait produits. La reconstruction d'une partie de l'Archevêché
et la Bourse furent aussi confiées à ses soins. Ce dernier édifice n'é-
toit point encore achevé, lorsque notre très-cher et bien-amé, le
sieur marquis de Marigny, etc..., jeta les yeux sur lui pour l'accompagner en Italie. De retour à Lyon, il reprit les ouvrages qu'il avoit
été obligé de suspendre. Il y fit de plus différents édifices publics et
particuliers, entre autres une salle de spectacle qui fait aujourd'hui
l'admiration du public et des étrangers. La connaissance que le
sieur marquis de Marigny a voulu prendre par lui-même de ces
monuments du goût et du genre dudit sieur Soufflot, l'a déterminé
à l'appeler à Paris et à nous le proposer pour faire les desseins de
l'église de Sainte-Geneviève, que nous avons résolu de faire recons-
truire à neuf ; l'élégance et la solidité qu'annonce le plan qu'il en a
dressé, nous ont facilement porté à le charger de son exécution.
Nous avons cru, par les mêmes motifs, devoir nous l'attacher plus

particulièrement, en lui confiant d'abord le controlle de notre château de Marly,'et peu de temps après celui du département de Paris.
Il a d'ailleurs tellement réussi, à notre satisfaction, dans les projets
qu'il a faits pour la construction d'une place Royale dans la ville de
Reims, que nous avons donné l'année dernière un arrêt de notre
conseil pour les faire exécuter, et c'est encore par nos ordres qu'il
travaille à la sacristie de l'église métropolitaine de notre bonne
ville de Paris. Tant de preuves accumulées du mérite personnel dudit
sieur Soufflot nous persuadent, qu'en l'honorant de prérogatives qui
soient aussi durables que doit l'être le souvenir de ses talents, nous
ne pouvons qu'exciter une noble émulation dans ceux qui entre-
prendront de suivre la même carrière.

A ces causes, etc....

Donné à Paris, au mois de mars 1757.

Arch. nat. : O¹. 101, f° 93, recto.

XIII.

Charles-Nicolas COCHIN, graveur.

Cochin qui avait suivi le frère de Mme de Pompadour en Italie, en compagnie de Soufflot, dut probablement, comme nous l'avons
dit tout-à-l'heure, à ce voyage, dont il conserva le souvenir par une
relation devenue classique (1758, 3 vol. in-12) l'origine de la faveur
persistante dont il ne cessa de jouir auprès de M. de Marigny. Son
esprit vif et cultivé, dont il a laissé la marque dans de nombreux
écrits et dans des œuvres de polémique pleines de finesse, prit sans
doute un certain ascendant sur l'intelligence de son élève. Secrétaire
de l'Académie royale de peinture, il était comme l'intermédiaire
obligé entre la Compagnie et le Directeur des bâtiments. C'est lui
qui s'occupait de l'organisation des Expositions de peinture, et de
tous les autres objets concernant les arts ; M. de Marigny le consul-
tait souvent et sur toutes choses, et on doit rapporter à Cochin l'honneur de la plupart des mesures prises sous son administration pour
encourager et développer les arts. En effet, à un certain esprit naturel notre graveur joignait beaucoup de goût, une grande finesse
et un jugement très-sûr. Ses écrits portent la trace de ces qualités
et lui auraient assuré une place honorable parmi les écrivains de

son temps si son talent comme graveur n'avait effacé ses autres mérites. Ajoutons que Cochin, né en 1715, ne mourut qu'en 1790. A
cette époque, il avait cessé depuis longtemps, c'est-à-dire depuis la
nomination de Pierre à la dignité de premier peintre du Roi, d'avoir
une influence directe sur la direction des Beaux-Arts. Les détails
que l'acte suivant contient sur les travaux de Cochin nous dis-
pensent d'insister sur son œuvre gravé qui est immense; car la
facilité n'était pas un des moindres dons de l'artiste. Nous comptons
lui consacrer prochainement une étude spéciale accompagnée de
nombreux documents inédits.

LETTRES DE NOBLESSE DE COCHIN, GRAVEUR DU ROY.

(Mars 1757.)

Louis etc., Informé du renom que s'est acquis dans l'art de la
gravure notre cher et bien-aimé CHARLES-NICOLAS COCHIN, l'un de nos
graveurs ordinaires, garde des desseins de notre cabinet, secrétaire
perpétuel de notre Académie de peinture et sculpture, et censeur royal
pour les ouvrages qui ont trait aux arts, nous l'avons jugé digne
de cette marque flatteuse de notre satisfaction et de notre bienveillance. Les preuves qu'il a données de la supériorité de son talent
dans un art qui fait tant d'honneur à la nation française sont héréditaires dans sa famille. Indépendamment de plusieurs de ses parents
qui l'ont professé avec distinction, son père, aussi l'un de nos graveurs de notre Académie, a été choisy par les premiers gentilshommes
de notre chambre pour exécuter sous leurs ordres toutes les parties
relatives à la cérémonie de notre sacre ainsi que différentes fêtes et
pompes funèbres. Charles-Nicolas Cochin a eu lui-même l'avantage
d'être chargé dès sa tendre jeunesse de seconder son père dans les
mêmes travaux, et on l'a vu avec admiration réunir en lui dans un
égal degré de force deux parties communément distinctes et séparées,
le dessein et l'exécution. Les fêtes données en 1739 pour le mariage
de notre très-chère et très-amée fille l'infante d'Espagne, duchesse
de Parme, celles qu'ont occasionnées les deux mariages de notre très-
cher et très-amé fils le dauphin, en 1745 et 1747, et celles qui ont
suivi la naissance de notre très-cher et très-amé petit-fils le duc de
Bourgogne, sont autant de témoignages de ses heureux succès dans
l'un et l'autre genre. C'est aussi ce qui nous a déterminé à le charger

de la composition et de la gravure des Estampes qui doivent orner le livre de l'histoire métallique de notre règne et nous (avons) eu la satisfaction de voir par les premières planches qu'il nous en a présentées que nous ne pouvions pas confier en de plus sûres mains un ouvrage destiné à perpétuer notre puissance et notre gloire. Enfin notre très-cher et bien-amé le sieur marquis de Marigny, commandeur de nos ordres et directeur général de nos bâtimens et manufactures, s'est sçu gré de s'en être fait accompagner dans le voyage qu'il fit en Italie en 1750 pour conaître par lui-même les morceaux rares et précieux que l'on trouve répandus dans cette partie de notre continent.

A ces causes et de notre grâce, etc.

Donné à Paris au mois de mars 1757.

Arch. nat. : 101 O¹, *fol.* 88 *V°.*

XIV.

Pierre OUTREQUIN.

Pierre Outrequin, à qui nous voyons accorder ici des lettres de noblesse, est un personnage fort peu connu et qui mérite de sortir de cette obscurité. C'est à lui qu'on doit une partie des embellissements de Paris exécutés à la fin du règne de Louis XV, et notamment le pavage d'une partie des rues qui avoisinent la place des Victoires et la Halle au blé. On trouve, dans la série des Archives nationales qui nous a conservé son acte d'anoblissement, les différents contrats passés par lui avec la ville pour le pavage et l'entretien du pavé des rues de la capitale. Nous nous contentons de renvoyer à ce propos nos lecteurs aux registres 6034, folio 100 et 102 v° et 6035, folio 66 de la série Z. Outrequin ne jouit pas longtemps des titres que ses services signalés ou sa grande position lui avaient fait obtenir. Dès 1762 , il mourait, et sa femme Marie-Louise-Victoire Le Guay obtenait d'être subrogée à la place de son mari défunt comme adjudicataire pour neuf années à partir du 1ᵉʳ janvier 1756 de l'entretien du pavé de la ville, des faubourgs et banlieue de Paris. L'acte est du 11 septembre. Elle présentait comme caution, le 15 octobre, Jean Outrequin de la Bouillonnerie, bourgeois de Paris (Z, 6036, fol. 88). Le 3 avril 1764, la même veuve, alléguant les frais extraordinaires qu'entraînait le pavage à neuf de la place Louis XV et de la nouvelle Halle au blé qui se construisait alors sur l'emplacement de l'ancien hôtel de Soissons, demandait et obtenait une prolongation de son bail pendant trois années, de 1765 à 1768. Les registres du bureau des finances de la ville de Paris qui nous ont fourni ces détails abondent en contrats analogues et en renseignements curieux sur le percement des nouvelles rues dans la capitale.

LETTRES D'ANOBLISSEMENT DE PIERRE OUTREQUIN, DIRECTEUR DES PROJETS RELATIFS A L'AGRANDISSEMENT ET A LA DÉCORATION DE PARIS.

(Mai 1761.)

Louis... salut. Entre les différentes grâces auxquelles un sujet peut aspirer par son mérite, il n'en est point de plus précieuse que celle qui, l'élevant à l'état de noblesse, assure à tous ses descendants le fruit du bienfait dont leur auteur s'est rendu digne; aussi dans les principes que nous nous sommes imposés pour la juste distribution des grâces, nous avons toujours réservé celle de l'annoblissement pour être la récompense ou de services importants rendus à l'état, ou de talens distingués auxquels la patrie est redevable de découvertes dont l'utilité est reconnue. C'est par des talens de cette espèce que nostre cher et bien amé le sieur PIERRE OUTREQUIN s'est rendu recommandable à nos yeux par les différens projets et plans qu'il nous a proposés tendans à l'embellissement de la capitale de notre royaume, qui lui ont mérité de la part du corps de notre bonne ville de Paris le titre de directeur général de tous les projets relatifs à l'agrandissement, commodité et décoration de notre capitale, et à tout ce qui peut concourir à l'avantage des citoyens, à quoi il s'est livré dès sa plus tendre jeunesse, et dont le zèle, les soins infatigables et l'application ont été suivis des succès les plus propres à lui mériter une marque signalée de notre bienveillance; occupé seulement de l'avantage qui devoit résulter des différens projets dont la réussite fait l'agrément des citoyens et l'admiration des étrangers, son désintéressement ne pouvoit lui laisser de récompense que celles qui sont uniquement honorifiques, et la pureté de ses sentimens nous a paru d'autant plus digne de recevoir un prix de cette espèce que nous avons d'ailleurs été informé qu'il sort d'une famille de Normandie depuis longtemps honorée et distinguée dans cette pro-

vince. A ces causes et autres à ce nous mouvant... avons annobli et
annoblissons le sieur Pierre Outrequin, et du titre et qualité de
noble et gentilhomme décoré et décorons, etc...

Donné à Versailles au mois de mai 1761.

Archives nationales : Z, 6036, fol. 41.

XV.

Charles-Julien QUÉVANNES.

Bien que Charles-Julien Quévannes ne soit pas à proprement parler un artiste, nous n'aurions garde de laisser de côté ce document.
Si son nom eût été suivi seulement de son titre nous eussions peut-
être hésité à l'admettre dans ce travail un peu spécial ; mais le détail de ses travaux et les renseignements que l'acte contient sur l'es-
sayage des monnaies nous paraissent offrir un véritable intérêt.

LETTRE D'ANOBLISSEMENT DU SIEUR CHARLES-JULIEN QUÉVANNES,
ESSAYEUR DES MONNAIES.

(*Juin* 1764.)

Louis... Salut. Nous ne pouvons voir les découvertes utiles que
quelques-uns de nos sujets font dans les sciences et les arts, sans
éprouver le désir de leur en témoigner notre satisfaction. Le moyen le
plus convenable et le plus proportionné à des mérites aussi distingués est le titre de noblesse qui élève les sujets au dessus des autres,
autant qu'elle les rend recommandables auprès de nous, lorsqu'elle
tire son origine de la vertu et de la science réunies ; et bien informé
que ces qualités se trouvent en la personne de notre bien amé CHARLES-
JULIEN QUÉVANNE, notre conseiller, essayeur général des monnoyes de
France, lequel, animé par le sang d'une honnête naissance et par une
bonne éducation, a annoncé dès sa jeunesse les progrès qu'il a faits
depuis dans la chymie métallique, et la fidélité avec laquelle il nous
a servi dans les différents emplois que nous lui avons confiés ; que
l'incertitude du rapport des essays des matières d'or et d'argent cau-
soit en 1736 le plus grand préjudice au commerce, lorsque nous,
envoiant ledit Quévanne en Hollande pour perfectionner l'art des

essais, et joindre à une expérience de douze années qu'il avoit déjà
dans cet art ce qu'il pourroit découvrir de bon dans la méthode
de ces états, qu'il remplit cette mission importante avec tant de
distinction que nous crûmes devoir lui donner la commission d'essayeur en concurrence avec les essayeurs en titre pour le mettre à
portée de pratiquer ses connoissances et pour donner au public le
moyen d'en profiter; qu'il n'a cessé de rendre au commerce de notre
royaume les plus grands services, tant dans cette commission que
dans l'exercice de l'office d'essayeur particulier de la monnaye de Paris et de celui d'essayeur général des monnoyes de France qui est
dans sa famille depuis qu'il a été créé; que si ledit Quévanne n'a pu
surpasser les sentiments d'honneur et de fidélité avec lesquels ses
ancêtres ont exercé cet office, il semble qu'ils lui ayent réservé la
gloire de vaincre par l'étude et les recherches les préjugés que l'habi-
tude avoit accrédités dans la pratique d'un art aussi intéressant à la
richesse de notre état; que depuis 1736 il s'est acquitté avec le zèle
le plus vif des ordres qu'il a reçus d'instruire toutes les personnes
destinées à remplir cet office de directeur et d'essayeur particulier
des différentes monnoyes du royaume, par l'employ de son temps
et par les peines et les dépenses que cette espèce d'instruction pu-
blique lui a occasionnées, nous avons acquis la preuve la plus certaine
de son désintéressement ; que si les principes et la supériorité de sa
méthode d'essayer lui ont attiré quelques contradictions, nous en
avons fait examiner la cause depuis peu, et après nombre d'expé-
riences nous avons eu la satisfaction de voir que ledit Quévanne
n'avoit jamais cessé d'être ce sujet par le travail duquel nous cher-
chions en 1736 toute la certitude dans l'art des essais; enfin sa géné-
reuse résistance aux préjugés nous a donné occasion de faire les ré-
glements du 5 décembre 1763 et 19 mars dernier pour établir une
méthode uniforme d'essayer dans laquelle toute personne impartiale
reconnoîtra les principes que ledit Quévanne a toujours suivis et
enseignés, et voulant user envers lui des mêmes gratitudes et honneurs que nous accordons à ceux d'un mérite aussi distingué et le
décorer d'une marque honorable qui puisse publier ses talens, de
notre certaine science, pleine puissance et autorité royale, nous avons
par ces présentes signées de notre main, ledit Quévanne, ses enfants
et postérité nés et à naître en légitime mariage anobli, et annoblissons et du titre de gentilhomme décoré et décorons, voulant qu'en
tous lieux prenne la qualité d'écuyer, etc.....

Donné à Compiègne au mois de juin l'an de grâce 1764 et de
notre règne le quarante-neuvième. Signé Louis, etc.,

Registrées, etc...

Arch. nat. : Z, 6039, fol. 57 V°.

XVI.

DESMAISONS, architecte.

Le nom de Pierre Desmaisons, aussi bien que celui de son père,
est tombé dans un complet oubli, bien qu'il ait exercé pendant vingt-
sept années les fonctions d'architecte expert bourgeois de la ville de
Paris. Ce discrédit est-il mérité? Nous laissons à de plus compé-
tents le soin de trancher la question en constatant que c'est un des
plus obscurs, sinon des moins dignes, parmi les artistes anoblis sous
le règne de Louis XV.

LETTRES D'ANOBLISSEMENT DU SIEUR PIERRE DESMAISONS, ARCHITECTE.

(*Août* 1769.)

Louis... salut. Le désir de faire fleurir les arts en notre royaume
nous a porté dans tous les tems à accorder des récompenses et des
distinctions à ceux que l'émulation et le génie ont rendus capables
d'atteindre à un plus haut degré de perfection; c'est dans cette vue
que nous avons résolu de donner au sieur PIERRE DESMAISONS, l'un
des membres de notre Académie royale d'architecture, des marques
de notre bienveillance, également mérités par l'élévation de ses sentiments et la supériorité de ses talents, à l'exemple du sieur *Desmaisons*, son père, qui s'était distingué dans cet art dès sa plus tendre
jeunesse et ne s'est occupé que du soin d'acquérir les connoissances
qui pouvoient le rendre célèbre dans la profession à laquelle il se
destinoit; elles se sont tellement étendues par son étude et son application pendant plus de 27 ans qu'il a exercé la charge d'architecte
expert bourgeois de notre bonne ville de Paris, que, les ouvrages
exécutés sur ses plans, dont plusieurs sont consacrés à la religion, lui
ont mérité l'approbation des connoisseurs, et même d'être cité avec
éloges par les auteurs contemporains qui ont traité de l'architecture;

les preuves multipliées de son goût et de son intelligence ont aussi
déterminé le choix qui a été fait de sa personne en 1762, pour remplir la place d'académicien et nous portent encore aujourd'huy à
l'honorer des priviléges de noblesse et d'un titre qui transmette à
ses descendants le souvenir de ses rares qualités. A ces causes ...
nous avons anobli et anoblissons ledit sieur Desmaisons, etc...

Donné à Compiègne, au mois d'aoust 1769.

Archives nationales : Z, 6039, f° 93.

XVII.

Jacques ROETTIERS, graveur.

On connaît le mérite et la réputation de cette famille de graveurs
en médailles attirée en France par Louis XIV. M. Jal a singulièrement contribué par ses découvertes à débrouiller l'histoire de cette
dynastie nombreuse. Il nous apprend notamment que Joseph Roettiers obtint des lettres de naturalité en 1674. Mais il ne dit rien de
François, cet « oncle paternel à la mode de Bretagne, » de Jacques,
qui était probablement cousin-germain de Norbert, père de Jacques,
et qui dut rester dans son pays, c'est-à-dire en Flandres, tandis que toute sa famille se transportait à Paris. Malgré les éclaircissements apportés par M. Jal, toutes ces questions d'origine et de
parenté des Roettiers restent encore fort incertaines; nous tenons à
le constater. Mais ce qui résulte d'une manière certaine des lettres-
patentes, c'est la parenté de la femme de Norbert, et par conséquent
de la mère de Jacques, avec une des plus illustres familles d'Angleterre. Ces faits nouveaux, aussi bien que la mention du diplôme
accordé à François par l'empereur d'Allemagne, Charles VI, offrent
un champ encore inexploré d'investigations. Notons encore que
M. Édouard Fétis dans ses artistes flamands à l'étranger a esquissé
la biographie de Jean Varin et de Duvivier et qu'il ne parle pas des
Roettiers; ne les considérerait-il pas comme originaires des Flandres? M. Pinchart les cite seulement en passant dans l'Introduction
de ses *Recherches sur la vie et les travaux de graveurs de médailles,
de sceaux et de monnaies des Pays-Bas*; mais le deuxième volume
de son excellent ouvrage n'a pas encore paru et il nous apportera

3

sans doute tous les éclaircissements désirables sur les origines, l'histoire et les travaux de ces artistes éminents.

LETTRES D'ANOBLISSEMENT ET CONFIRMATION DE NOBLESSE

AU SIEUR JACQUES ROETTIERS.

(*Février* 1772.)

Louis ..., salut. Le choix que nous avons fait de JACQUES ROETTIERS, pour faire auprès de notre personne le service d'orphèvre ordinaire dont il s'acquitte à notre satisfaction depuis plus de quarante ans a été le fruit et la récompense de ses talens, et notre justice nous porte maintenant à luy accorder la possession des priviléges attachés à sa naissance. Il est issu de famille noble, originaire de la Flandre, ainsi qu'il appert par un diplôme ou rescript de l'empereur Charles VI, représenté en bonne forme, daté du 29 février 1720, rendu en faveur de sieur *François Roettier*, son oncle paternel à la mode de Bretagne, par la disposition duquel diplôme la personne du sieur Jacques Roettier est comprise au nom de ceux que l'empereur Charles VI a élevés aux grades et dignités de chevalier de l'empire et a aggrégé dans l'ordre des anciens chevaliers nés de race et de famille de chevaliers. Les preuves de la filiation du sieur Jacques Roettiers sont constatées par ses actes de famille et par l'extrait généalogique du hérault d'armes de la ville et marquisat d'Anvers, délivré le 29 may 1749, et ses preuves de filiation deviennent encore plus satisfaisantes par les alliances que ses ayeux ont contractées en épousant des demoiselles nobles, surtout par le mariage de Winfride Clark, petite-nièce de feu de Malbauroug avec *Norbert Roettiers*, père et mère dudit Jacques. Il paroit que sa famille a été singulièrement attachée au roi d'Angleterre, et particulièrement au feu roy Jacques III qui a tenu en personne sur les fonds de baptême le sieur Jacques Roettiers, en notre château de Saint-Germain-en-Laye, pour donner des preuves distinguées de sa bienveillance à une famille qui depuis longtemps est attachée au souverain et aux rois ses prédécesseurs ; depuis Charles II les auteurs du sieur Jacques Roettiers ayant sacrifié des places considérables pour suivre le prince malgré ses infortunes, ils se sont adonnés à l'étude des arts libéraux, ils ont obtenu les premiers prix dans différentes académies et ils ont joui de la plus grande célébrité chez l'étranger, ce qui auroit fait attirer en France *Norbert Roettiers,* son père, où il a exercé avec distinction la place de graveur général des monnoyes de notre royaume, où il a obtenu du feu Roy, notre bisayeul, des lettres de naturalité, et où il est devenu membre de notre Académie de peinture et de sculpture. Ayant désiré attacher particulièrement à notre service la personne de Jacques, son fils, qui s'étoit également distingué dans nos académies, nous luy avons accordé un arrêt de notre conseil et lettres-patentes pour faciliter l'exercice d'un brevet dont nous l'avons ensuite prémuni.

Quoique la qualité de noble luy appartienne par sa naissance, cependant comme ses auteurs ont négligé depuis un temps considérable de prendre la qualité de noble dans leurs actes de famille; que les titres qui établissent sa noblesse ne peuvent avoir d'effet qu'après que nous aurons prononcé sur leur légitimité; que faute par Norbert Roettiers, son père, d'avoir été reconnu dans cette qualité par les lettres de naturalité de janvier 1719, ce sont des obstacles à la possession que réclame le sieur Jacques Roettiers, son fils ; qu'enfin l'employ qu'il exerce luy et ses enfants, et qui l'attache à notre service, pourroit donner lieu à des doutes sur une dérogeance à la qualité de noble ; pour faire cesser toute incertitude et pour luy assurer la possession de son état, en donnant aux arts et à ceux qui les exercent avec célébrité des marques signalées de notre protection.

A ces causes, nous, par ces présentes signées de notre main, avons confirmé et confirmons ledit sieur Jacques Roettiers dans la qualité de noble et écuyer, et même en tant que besoin, iceluy Jacques Roettiers avons annobli et annoblissons, etc.

Donné à Versailles, au mois de février, l'an de grâce 1772. Régistrées au Parlement, le 30 janvier 1773.

Archives nationales : X^{1}A, 8802, f° 441 v°.

ARTISTES NOMMÉS CHEVALIERS DE SAINT-MICHEL

PENDANT LE XVIIIe SIÈCLE.

Cette liste est le complément nécessaire des lettres d'anoblissement qu'on vient de lire. En effet, le don de la décoration de Saint-Michel entraînait l'anoblissement du chevalier, sans qu'il fût besoin de lui octroyer des lettres spéciales de noblesse, tandis que parmi les artistes anoblis figurent plusieurs noms que nous ne retrouverons pas parmi les chevaliers de Saint-Michel. Ainsi Outrequin et Roettiers lui-même, pour ne citer que ceux-là, n'obtinrent jamais le cordon de cet ordre.

Nous faisons précéder notre liste de plusieurs lettres recueillies dans les papiers de l'ancienne Maison du Roi. Nous n'avons pu dépouiller ce fonds immense, et nous avons dû nous contenter des documents que le hasard nous a fait rencontrer. Ces lettres ont rapport à l'architecte de Lassurance, à Charles-Antoine Coypel, à Carle Vanloo, à Coustou, à Vien et à Hallé. Cette distinction était fort appréciée; les artistes la désiraient ardemment. Plusieurs même la sollicitèrent à diverses reprises, sans pouvoir l'obtenir; nous avons cru pouvoir supprimer ces requêtes infructueuses.

Ce n'était pas tout que d'obtenir la nomination; si l'artiste ne jouissait pas d'une fortune assez considérable, il devait recommencer ses sollicitations pour obtenir la décharge des droits du marc d'or qu'il n'aurait pu payer. Ce droit montait à six ou sept mille livres, et on conçoit que certains artistes, même à la tête d'une certaine renommée, fussent hors d'état de l'acquitter. C'est ce qui explique l'intervalle, souvent fort long, qui s'écoulait entre la nomination et la réception. Le cas de Natoire est le plus singulier qu'on rencontre; nommé en 1756, il n'était pas encore reçu quand il mourut, c'est-à-dire vingt-un ans après, en 1777. Mais il ne faut point oublier que Natoire, envoyé comme directeur de l'Académie de Rome en 1751, ne quitta plus l'Italie, bien qu'il ait été remplacé dans ces fonctions en 1774.

Lettre de M. d'Angiviller, à M. le comte de Saint-Florentin, secrétaire d'État (minute).

Du 16 septembre 1750.

M. Lassurance, contrôleur de Marly, Monsieur, que le Roy a honoré de la place de son architecte ordinaire, désireroit bien qu'il lui plût le décorer du cordon de Saint-Michel, ainsi que ses prédécesseurs, et en dernier lieu MM. de Cotte et Mollet père et autres. Les longs services de son père et les siens, et ses talents personnels, lui ont fait espérer cette faveur des bontés de Sa Majesté.

J'ai eu l'honneur de lui en parler, et elle m'a paru très-disposée à lui accorder cette marque de distinction et a même trouvé bon que j'eusse l'honneur de vous en prévenir. Je le fais d'autant plus volontiers que je sais combien vous vous portez à remplir les vues de S. M. et à protéger les personnes de mérite. Je crois que ceux de M. de Lassurance vous sont connus de manière à ne pas douter que vous ne concouriés à lui procurer le nouveau bienfait qu'il souhaite en prenant les ordres du Roy. C'est ce que j'ai l'honneur de vous suplier de vouloir bien faire et d'être persuadé combien j'ai celui d'être très-parfaitement et très-véritablement, Monsieur, etc.

Arch. nat. : O[1], 907.

Note sur la nomination de Carle Van Loo.

6 février 1750.

M. Coypel [1] demande pour le sieur Carle Van Loo, peintre et gouverneur des élèves protégés, des lettres de confirmation de noblesse et le cordon de Saint-Michel. La probité, les rares talents et le zèle infatigable avec lequel il s'acquitte de cette place de gouverneur, semblent mériter des bontés de Sa Majesté cette distinction, dont Louis-Michel Van Loo, son neveu, a été honoré.

Le Roi a mis de sa main : *Bon*, en marge du mémoire du 27 janvier 1750.

Le bon du Roi a été remis par M. de Tournehem à M. de Saint-Florentin, qui doit prendre les ordres de Sa Majesté pour les lettres de noblesse, et ensuite le cordon de l'ordre de Saint-Michel.

Arch. nat. : O[1], 1922.

[1] Coypel avait évidemment déjà reçu la marque de distinction qu'il réclame pour Carle Vanloo. Nous n'avons rencontré les lettres d'anoblissement ni de l'un ni de l'autre. Charles-Antoine Coypel, qui ne porte encore que le titre d'ancien professeur sur le livret du Salon de 1737, y a ajouté ceux d'écuyer et de premier peintre de monseigneur le duc d'Orléans en 1738; il faut donc reporter à cette date l'époque de son anoblissement. Quant à Van Loo, il prend le titre d'écuyer dans le livret de 1750 pour la première fois, tandis que Pierre, qui fut plus tard nommé Premier peintre du Roi, l'avait déjà reçu en 1745. Enfin, en 1758, le titre d'écuyer appartient aussi au peintre Silvestre, professeur des Enfants de France et peintre du roi de Pologne. Servandoni se qualifie chevalier, mais il est à présumer qu'il tenait cette qualité d'un prince italien.

Lettre de M. de Vergennes à M. le comte d'Angiviller.

A Versailles, ce 21 avril 1777.

L'intérêt que vous prenez, Monsieur, à M. Coustou m'engage à vous adresser la lettre que je lui écris pour lui faire part de la grâce que le Roi lui a accordée en l'admettant dans l'ordre de Saint-Michel. Je suis persuadé que cette faveur, dont ses talens le rendoient très-susceptible, lui paroîtra d'autant plus précieuse, qu'il reconnoîtra vous en être redevable, et je sens qu'il doit être très-agréable pour vous de la lui annoncer.

J'ai l'honneur, etc....

DE VERGENNES.

(Minute.)   15 janvier 1776.

Lettre de M. d'Angiviller à Vien.

A M. Vien [1].

Je vous annonçois, Monsieur, par ma précédente, l'envoi très-prochain du cordon et de la croix de Saint-Michel, avec la lettre du ministre contenant la permission du Roi de les porter, en attendant que vous puissiez être reçu selon les formes prescrites. Ce cordon et cette croix viennent enfin de m'être remis et je vous les fais passer aujourd'hui, ainsi que la lettre de M. le comte de Vergennes, avec empressement et avec plaisir. Vous voilà à portée de vous décorer d'une marque de distinction bien méritée par vos talents, et personne ne vous en fera compliment avec plus de sincérité que moi.

Vous connaissez les sentiments avec lesquels je suis,
Monsieur, votre....

Vien ne revint de Rome qu'en novembre 1781. Il n'était pas encore reçu de l'ordre, tout en ayant le droit de porter le cordon. N'ayant

[1] Le rapport demandant la croix de Saint-Michel pour Vien est du 4 décembre 1775.

pu se faire recevoir en décembre et ne voulant pas retarder sa réception plus tard que le mois de mai suivant, il sollicite l'exemption du droit du marc d'or, obtenu déjà par plusieurs de ses collègues dans les mêmes circonstances, ou une gratification équivalente au droit. Il invoque, pour appuyer sa demande, les frais que lui a causés son retour de Rome.

Vien obtint la remise de ce droit, qui ne montait pas à moins de 3,000 liv., y compris les 10 sols pour livre, et en adressa, le 20 mars 1782, ses remerciements à M. d'Angiviller.

Hallé avait déjà obtenu la même faveur en 1777.

Dans le rapport du 4 décembre 1775, par lequel il demandait la croix pour Vien, M. d'Angiviller sollicite la même faveur pour Hallé. Il faisait ainsi l'éloge de son candidat :

« Indépendamment de ses qualités morales et de son talent, il est d'une naissance distinguée dans la bourgeoisie de Paris, et même probablement d'extraction noble, une branche de sa famille jouissant de la noblesse ; en sorte que la grâce demandée ne sçauroit par toutes ces raisons reposer plus dignement sur un artiste que sur celui-là. »

On lui accordait ce cordon à cause d'une mission particulière que Hallé avait remplie à Rome [1].

Le 14 novembre 1776, les lettres de noblesse et le cordon étant accordés, on demande pour Hallé l'exemption du droit du marc d'or, qu'il était hors d'état de payer, et qu'on évalue cette fois à six ou sept mille livres, on demande en conséquence l'ordre d'expédier à M. Hallé un bon de gratification de 6,000 livres, ce qui fut accordé, car nous voyons Vien invoquer le précédent de l'exemption accordée à Hallé en demandant d'être déchargé de ces frais.

LISTE DES ARTISTES

NOMMÉS CHEVALIERS DE L'ORDRE DE SAINT-MICHEL.

La liste qu'on va lire a été dressée à l'aide des Almanachs royaux depuis 1756 jusqu'en 1791. Avant cette période les noms des che-

[1] Il avait été envoyé pour réformer l'administration de l'Académie de France à Rome, après la direction de Natoire.

valiers de Saint-Michel ne figurent malheureusement pas sur l'Almanach. Nous avons cherché à remédier à cette lacune à l'aide de différentes listes des chevaliers publiées au milieu du siècle dernier, mais qui elles-mêmes ne remontent guère au delà de 1750[1]; ainsi tous les chevaliers morts avant 1750 ne peuvent guère nous être connus que par quelque document spécial. Quelque incomplètes que soient ces listes pour les raisons que nous venons de dire, nous les publions cependant, parce qu'avant 1750 les nominations étaient bien plus rares qu'après cette époque ; par conséquent si quelques noms nous échappent, nous avons la conviction que le nombre des oubliés n'est pas considérable.

Nous avons joint aux artistes proprement dits un certain nombre de personnes dont la mention nous a paru intéressante à recueillir à différents titres; ce sont des ingénieurs, des musiciens ou des fonctionnaires préposés à l'administration des Beaux-Arts; comme la mention de chaque personnage est fort courte, nous avons pensé que ces additions, d'ailleurs peu nombreuses, compléteraient notre travail de dépouillement sans aucun inconvénient.

CHEVALIERS DE L'ORDRE DE SAINT-MICHEL.

1724. M. *Louis de Boullongne*, premier peintre du Roi.

1737. M. *Julienne*, entrepreneur de la Manufacture des Gobelins, secrétaire du Roi.

1748. M. *Van Loo*[2], premier peintre du Roi d'Espagne, au Louvre.

---

[1] Voici les titres exacts des brochures qni nous ont fourni les éléments de notre liste :

1° *Chevaliers de l'ordre de Saint-Michel, le Roi grand-maître, chef et souverain.*— Paris, 1756, in-folio, plano. Cette plaquette comprend trois listes, sous forme de placards. Elle est cotée à la Bibliothèque nationale L l 13, 10.

2° *Liste de Messieurs les Chevaliers de l'Ordre de Saint-Michel, institué par Louis XI à Amboise le 1er août 1469.* — Deux pièces in-8° portent ce titre et sont rangées sous la même cote à la Bibliothèque nationale, L l 13, 11. L'une est datée de 1760, l'autre est de 1773.

Nous n'avons pu trouver de liste postérieure, ni l'état des chevaliers nommés après 1815. l'ordre avait été cependant rétabli sous la Restauration, ainsi que le témoigne la pièce suivante, conservée aussi à la Bibliothèque nationale : « Discours de clôture du Chapitre, convoqué le 29 septembre 1826, pour la réception des chevaliers nommés depuis la Restauration par le doyen de l'ordre, le duc de Vauguyon. »— Paris, s. d., in-4°, pièce. — 2 pages.

[2] Il s'agit de Louis-Michel Van Loo, né en 1707 et mort en 1771.

1751. M. *Van Loo* [1], peintre du Roi, au Louvre.

1751. M. *Colin de Blamont*, surintendant de la musique du Roi, à Versailles.

1754. M. *Lécuyer*, architecte ordinaire du Roi, contrôleur des bâtiments de Versailles, rue du Dauphin.

1755. M. *de Bayeux*, ingénieur, inspecteur des ponts et chaussées à Tours.

1756. M. *Perrier*, ci-devant premier commis des bâtiments du Roi, place du vieux Louvre.

1756. M. *Laurent*, ingénieur à Bouchain, rue de Vendôme.

1757. M. *Soufflot*, architecte du Roi, contrôleur des bâtiments de Sa Majesté, à l'Orangerie des Tuileries.

1757. M. *Cochin*, graveur ordinaire du Roi, garde des dessins du cabinet de Sa Majesté, secrétaire perpétuel de l'Académie de peinture et sculpture, aux galeries du Louvre.

1760. M. *Rebel*, surintendant de la musique du Roi et directeur de l'Académie Royale de musique, rue Saint-Nicaise.

1762. M. *Pierre*, premier peintre du Roi et de Monseigneur le duc d'Orléans, rue Vildot.

1763. M. *Perronet*, de l'Académie Royale des sciences, premier ingénieur des ponts et chaussées du Royaume, rue des Quatre-Fils, au Marais.

1763. M. *Berthier* [2], capitaine commandant en chef des ingénieurs géographes des camps et marches des armées du Roi, gouverneur des hôtels de la guerre, de la marine et des affaires étrangères, à Versailles.

1763. M. *Mique*, premier architecte du feu Roi de Pologne, duc de Lorraine et de Bar.

1765. M. *Francœur*, surintendant de la musique du Roi, rue Saint-Nicaise.

[1] Carle Van Loo, alors directeur de l'Ecole des Elèves protégés, devenu premier peintre du Roi en 1762 et mort en 1765, à soixante ans. C'est le plus fameux des membres de cette nombreuse famille d'artistes.

[2] Jean-Baptiste *Berthier*, né en 1721, mort en 1804, a laissé une carte des chasses du Roi, gravée par Tardieu, en onze feuilles, qui eut beaucoup de réputation au xviiie siècle. Son fils, devenu sous l'Empire, prince de Wagram et de Neufchâtel, acquit ainsi, dans la maison paternelle, la connaissance des cartes et de la topographie qui devait lui être si utile dans la position qu'il occupa pendant tout le règne de Napoléon Ier, et faire de lui un major général accompli.

1765. M. *Quévanne* [1], essayeur général des monnoies de France, rue des Deux-Boulles.

1769. M. *de la Guépierre,* correspondant de l'Académie royale d'architecture, grand directeur des bâtiments du prince de Wurtemberg, baron du Saint-Empire Romain, rue de Bellefond, à la Nouvelle-France.

1769. M. *Pigalle,* sculpteur du Roi et professeur à l'Académie royale de peinture et sculpture, à la Barrière Blanche.

1769. M. *Jardin,* Intendant des bâtiments du Roi de Danemark, et son premier architecte, correspondant de l'Académie royale d'architecture, à Copenhague.

1773. M. *Tillet,* de l'Académie royale des sciences, commissaire du Roi pour les essais et affinage des monnoies, à l'Hôtel de la monnoie.

1773. M. *Gendrier,* inspecteur général des ponts et chaussées, rue de Bondy, paroisse Saint-Laurent.

1773. M. *Desmaisons,* architecte du Roi, de l'Académie royale d'architecture, rue de Verneuil, près la rue de Baune.

1773. M. *Challe,* professeur de l'Académie royale de peinture et sculpture, dessinateur de la Chambre du cabinet du Roi, rue Poissonnière.

1775. M. *Delaunay Deslandes,* directeur général de la manufacture royale des glaces de Saint-Gobin, à Saint-Gobin.

1775. M. *Saly,* sculpteur du Roi et ancien professeur de l'Académie royale de peinture et sculpture de Paris, rue du Doyenné.

1775. M. *du Morey,* ingénieur ordinaire du Roi et en chef des États de Bourgogne.

1775. M. *de la Salle,* dessinateur et fabricant, pensionnaire du Roi à Lyon.

1775. M. *Boucher,* premier ingénieur des turcies et levées, rue du Pont-aux-Choux, ou à Châteauroux.

1775. M. *Sylvestre,* maître à dessiner des princes, à Versailles.

1777. M. *Hallé,* peintre ordinaire du Roi, rue Pierre-Sarrazin.

---

[1] La lettre d'anoblissement de Quévanne, que nous publions plus haut, donne d'amples détails sur ses travaux et ses découvertes.

1780. M. *Coustou,* inspecteur des bâtiments du Roi, place du Louvre.

1782. M. *Vien,* recteur de l'Académie royale de peinture et sculpture, etc., cour du vieux Louvre.

1782. M. *Moreau,* maître général des bâtiments de la ville, rue de la Mortellerie,

1786. M. *Régnier,* directeur de la manufacture de porcelaines, à Sèvres.

1786. M. *Dauvergne,* surintendant de la musique du Roi, rue Saint-Nicaise.

1788. M. *Cadet de Limay,* ingénieur en chef des ponts-et-chaussées, rue Grenier-Saint-Lazare.

1788. M. *Mathieu,* maître de musique de la chapelle à Versailles.

1788. M. *Couture,* architecte du Roi, membre de l'Académie royale d'architecture et de celle des sciences, arts et belles-lettres de Rouen, place Louis XV.

CHEVALIERS ADMIS ET NON REÇUS.

M. *Natoire,* directeur de l'Académie de peinture du Roi, à Rome (admis en 1756 et non reçu encore en 1777, quand il mourut).

M. *Héré de Corny,* premier architecte du Roi de Pologne duc de Lorraine et de Bar (admis en 1757).

M. *Oliviéri,* premier sculpteur du Roi d'Espagne, à Madrid (admis en 1757).

M. *Petitot,* premier architecte de S. A. R. Monseigneur le duc de Parme, infant d'Espagne (admis en 1763).

M. *Goudart,* directeur des manufactures royales d'Aubenas (admis en 1769).

M. *Larchevêque,* chevalier de l'ordre de l'Etoile Polaire, sculpteur du Roi de Suède, et Directeur de son Académie de Sculpture (admis en 1770).

M. *de Cessard,* ingénieur des ponts-et-chaussées, rue de Grammont (admis en 1788).

M. *Paris*, architecte du Roi, membre de l'Académie royale d'architecture, aux Menus-Plaisirs, rue Bergère.

Nous n'avons qu'à ajouter quelques mots pour conduire ce travail jusqu'aux temps modernes. On a publié dans cette Revue même (2ᵉ série, tome VIII, année 1870-71), les noms et les armoiries des artistes anoblis sous l'Empire. Ces nominations se réduisent à quatre :

Vien obtint le titre de comte, David, Regnauld et Houdon, celui de chevalier seulement, et, chose extraordinaire, on ne retrouve pas dans les registres des nominations impériales, l'acte conférant à David le titre de baron. Les armoiries de l'Empire sont au moins singulières; mais comme elles ont été décrites dans cette Revue, et que la gravure en a été publiée dans l'*Armorial de l'Empire* par Simon, il serait superflu d'y revenir. Enfin, sous la Restauration, Gros, Gérard, Bosio, Lemot et le graveur Desnoyers, reçurent le titre de baron à l'occasion du sacre de Charles X.

FIN.

Angers, Imp. P. Lachèse, Belleuvre et Dolbeau, 1873.

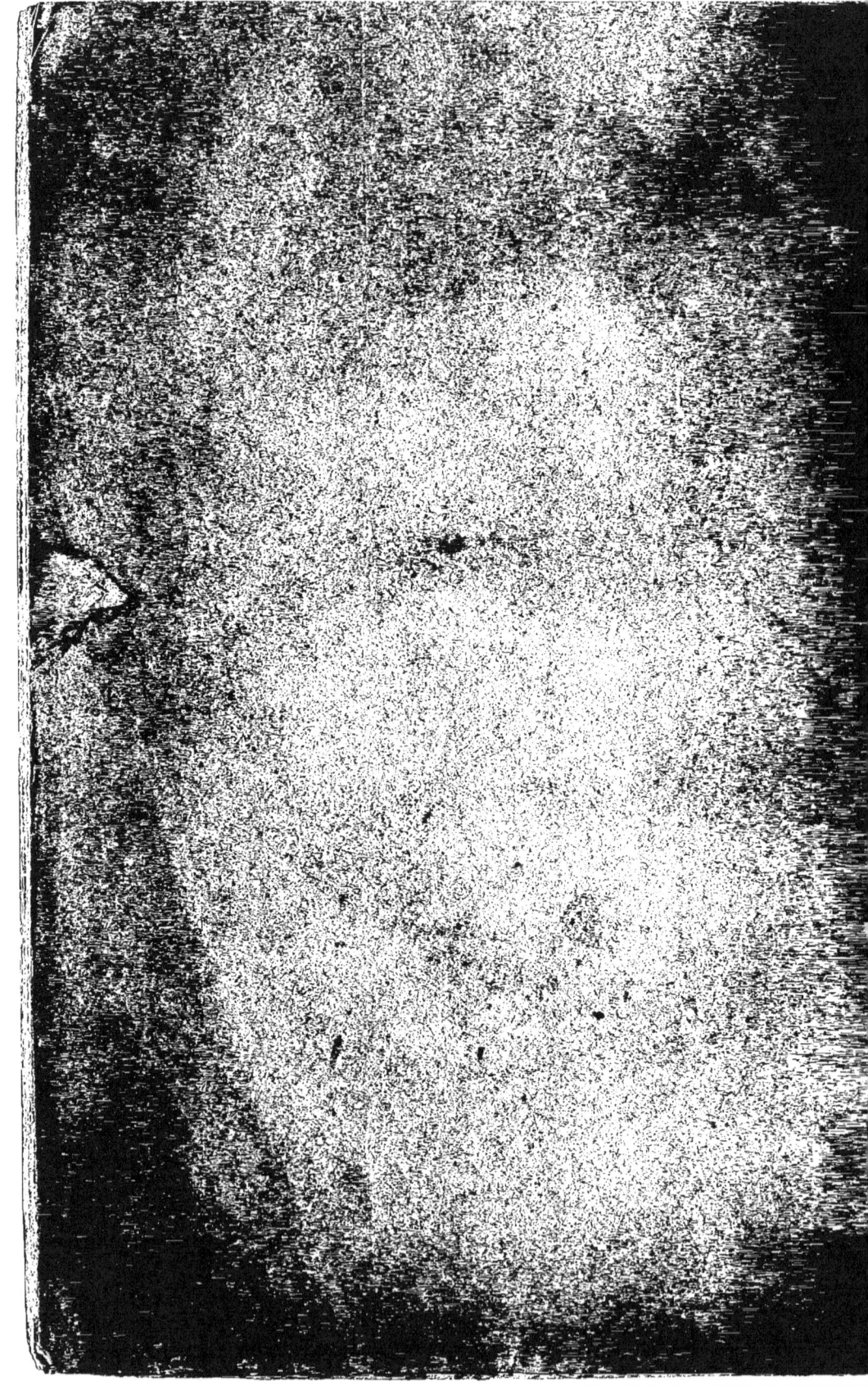

.

www.ingramcontent.com/pod-product-compliance
Lightning Source LLC
Chambersburg PA
CBHW060808180626
46818CB00002B/743